Cuentos
para niños

Cuentos para niños

Jorge Ibargüengoitia
Prólogo de Francisco Hinojosa

ILUSTRACIONES DE Juan Palomino

Ilustración de portada: Juan Palomino
Ilustraciones de interiores: Juan Palomino

© 1989, JORGE IBARGÜENGOITIA y herederos de
JORGE IBARGÜENGOITIA

©2018, Prólogo: Francisco Hinojosa

Derechos reservados

© 2018, Editorial Planeta Mexicana, S.A. de C.V.
Bajo el sello editorial PLANETALECTOR M.R.
Avenida Presidente Masarik núm. 111, Piso 2
Colonia Polanco V Sección
Delegación Miguel Hidalgo
C.P. 11560, Ciudad de México
www.planetadelibros.com.mx

Primera edición impresa en México: enero de 2018
ISBN: 978-607-07-4538-6

No se permite la reproducción total o parcial de este libro ni su incorporación a un sistema informático, ni su transmisión en cualquier forma o por cualquier medio, sea éste electrónico, mecánico, por fotocopia, por grabación u otros métodos, sin el permiso previo y por escrito de los titulares del *copyright*.

La infracción de los derechos mencionados puede ser constitutiva de delito contra la propiedad intelectual (Arts. 229 y siguientes de la Ley Federal de Derechos de Autor y Arts. 424 y siguientes del Código Penal).

Si necesita fotocopiar o escanear algún fragmento de esta obra diríjase al CeMPro (Centro Mexicano de Protección y Fomento de los Derechos de Autor, http://www.cempro.org.mx).

PRÓLOGO

Para toparse con un niño en las novelas, los cuentos, los artículos o las comedias de Ibargüengoitia, hace falta leer un buen número de páginas, casi su obra completa. Los pocos que hay quieren siempre poner en evidencia la ingenuidad de los adultos o aprovecharse de la tolerancia que estos les deben. Con tales antecedentes, quizá sorprenda a muchos lectores la existencia de tres piezas breves y una pequeña colección de siete cuentos pensados para un público infantil.

Siguiendo la tradición, entre los personajes hay magos, ranas, aldeanos y ratones, pero hay también niñas presumidas, timadores, gángsters y millonarios. Por lo demás no son enteramente canónicos, de lo que no hay duda es de que este rincón inadvertido del territorio literario de Ibargüengoitia es del todo coherente con la parte conocida: lejos de suponer a un lector cándido y desprejuiciado, estos cuentos y piezas están dirigidos a los niños que desconfían de las moralejas y a los que, puestos a elegir, al menos vacilarían en tomar partido por la Caperucita.

PRÓLOGO A ESTA EDICIÓN
Por Francisco Hinojosa

Uno de los autores mexicanos que más admiro y con quien más me identifico es Jorge Ibargüengoitia. Lo vi una sola vez: estaba haciendo fila, a lado de su inseparable esposa, Joy Laville, en una oficina de American Express en París en 1979. No me animé a decirle que me habría gustado platicar con él. Más bien con ambos, porque la obra y el genio de Joy también son admirables.

Ibargüengoitia decía que detestaba los cuentos para niños: cuando era chico, una mujer que se encargaba de entretenerlo le contaba con frecuencia "La Caperucita Roja". Él quedaba decepcionado con el final: "¿Cómo que llegó un cazador y lo mató? Si no había cazadores en el cuento... En el fondo de mi alma yo quería que el lobo se comiera a Caperucita, que me parecía una niña estúpida." Seguramente, Ibargüengoitia habría quedado más contento con la versión de Perrault, en la que la cándida niña y su abuela terminan en la panza del animal y no hay cazadores que acudan a salvarlas.

En el "Cuento de la niña condecorada", Ibargüengoitia recrea "La Caperucita", que, bajo el nombre de Mandolina, no acaba siendo tragada por el lobo debido a que el animal era "tontísimo". De igual manera "El niño Triclinio y la Bella Dorotea" recuerda un cuento popular: "El rey es mocho". Parecería que su autor quería recrear con su pluma aquellos relatos infantiles que le hubiera gustado leer.

Lo primero que leí de Ibargüengoitia fue "Los puercos de Nicolás Mangana". Estuvo incluido en el libro de lecturas de sexto de primaria de la SEP en 1974, y no estoy seguro de si en él apareció por primera vez. Yo formé parte del equipo que hizo esa antología (tenía entonces veinte años), que estuvo vigente más de treinta. Con tal de ahorrar para comprar unos puercos, engordarlos, venderlos y así hacerse ricos, la familia Mangana evitaba hacer cualquier gasto innecesario: él se veía a sí mismo vendiendo tacos de carnitas, su esposa anhelaba tener una televisión y "los niños soñaban que compraban helados y los chupaban", y no lo hacían realidad porque esos cincuenta centavos que les habrían costado los depositaban en el cochinito de barro. La solución que le da al cuento es tan sorpresiva como divertida.

"El ratón del supermercado y sus primos del campo" enfrenta esos dos mundos: la exuberancia de la ciudad y la sencilla vida del medio rural. A su moraleja no le podía faltar el sentido del humor: "De este cuento se deduce que donde comen cinco pueden comer seis y probablemente hasta siete, pero no cien."

Francilló, apodado el Cometa porque sus amigos lo admiraban aunque lo veían poco, se dedicaba a hacer travesuras ingeniosas que a unos divertían y a otros afectaban. Pero sus pesadas bromas terminaron por matarlo: "Murió en esos días de indigestión de aguarrás".

Y si le gustaba incluir animales en sus obras para niños –ranas, osos, puercos, caballos, ratones–, en el cuento de Paletón presenta a un millonario berrinchudo y caprichoso se empeña en comprar a Paco, un elefante que pertenece al Zoológico de Chapultepec. Su cualidad es que es un excelente pianista (me refiero a Paco). Pero como el animal no está a la venta, se ve en la necesidad de contratar a unos torpes gángsters de Chicago.

Como en toda su obra, la parte que nuestro autor dedicó a la infancia toca temas muy serios vistos a través del cristal del humor y el desenfado.

CUENTO DE LOS HERMANOS PINZONES

Cuando nació el mayor de los hermanos Pinzones se agrió la leche en la olla y se cayó el primer chayote de la enredadera. La tía Socorrito, a quien le gustaba hacer profecías, aprovechó el momento para decir:

—La leche agria y el chayote indican que este niño que acaba de nacer va a tener un carácter agrio y espinoso. Es decir, va a ser insoportable.

Se equivocaba. El niño nunca dio guerra y no lloró ni cuando le echaron el agua del bautismo. Le pusieron Manuel y en adelante todos los que lo conocieron le dijeron Meme Pinzón.

Cuando nació el menor de los hermanos Pinzones cantaron los pajaritos y el campo se llenó de flores. La tía Socorrito profetizó:

—Este niño va a ser precioso y tan simpático que la gente se va a pelear por estar con él.

Los que la oyeron decir esto voltearon a donde estaba la cuna y en ella vieron al niño amoratado, abriendo la bocota y berreando. Le pusieron Guillermo y le dijeron Memo.

Memo Pinzón lloraba de hambre y le daban de comer, lloraba de miedo y venían a consolarlo y lloraba de envidia cada vez que le tocaba a su hermano la naranja más grande o el bizcocho más bueno. Lloró y lloró, pero creció grande y fuerte, aunque sintiéndose desdichado.

Mientras Memo lloraba y crecía. Meme aprendió a leer sin que nadie le enseñara.

Esto se descubrió el día en que la tía Socorrito entró en el cuarto y encontró al niño sentado en la bacinica, leyendo el periódico.

—Este niño —profetizó la tía Socorrito al ver este espectáculo— va a ser licenciado.

Se equivocaba otra vez. Meme era tan bueno, tan dócil y todos lo querían tanto en su casa, que no se quisieron separar de él y nunca lo mandaron a la escuela. En vez de estudiar, entró de aprendiz en la zapatería de su padre y allí se quedó. Fue zapatero toda su vida.

Memo, en cambio, daba tanta lata, que apenas estuvo en edad de ser admitido, fue a la escuela.

Desde el primer día de clases se hizo famoso. La maestra le ordenó a un niño que pasara al pizarrón. Memo empezó a llorar.

—¿Por qué lloras, niño Pinzón?

—Porque usted pasó a ese niño al pizarrón y a mí no. —La maestra hizo que el otro niño regresara a su lugar y le dijo a Memo que pasara al pizarrón. Cuando Memo llegó junto al pizarrón, volvió a llorar.

—¿Por qué lloras ahora, niño Pinzón? —preguntó la maestra.

—Porque me pasa a mí al pizarrón y a los demás niños no.

Sus compañeros le pusieron «Guillermina Lagrimotas», y así le dijeron hasta que Memo creció y fue el alumno más alto y más fuerte de la clase y empezó a golpearlos a ellos y a hacerlos llorar. Dejaron de decirle Guillermina Lagrimotas, empezaron a decirle el Feroz.

Los alumnos temían y los profesores lo detestaban, y unos y otros esperaban con ansia el momento de no tener que volver a ver al Feroz Memo Pinzón.

En esos días hubo un concurso de composiciones sobre los Niños Héroes en el que podían participar todos los alumnos de primaria de cualquier escuela de la República. El primer premio se llamaba «La Vuelta al Mundo de un Estudiante», y consistía en estudiar durante tres años en las mejores escuelas del Japón, de Francia y de la India.

—Si este premio lo ganara el Feroz Memo Pinzón, no volveríamos a verlo en tres años —dijo el mejor alumno de la clase y el más chiquito, que era una de las principales víctimas de Memo.

Propuso que entre toda la clase se hiciera una composición y la mandaran al concurso a nombre de Memo Pinzón, con la esperanza de librarse así de él. Sus compañeros aprobaron la idea y todos, niños y niñas, se reunieron varias tardes para trabajar en la composición sobre los Niños Héroes. Ninguno escatimó esfuerzos y la composición salió tan bien, que fue la premiada.

Toda la escuela, maestros y alumnos, fueron al aeropuerto a despedir a Memo Pinzón, y nunca se ha oído cantar «Las Golondrinas» con tanta alegría.

Memo le dio la vuelta al mundo y regresó a México igual de feroz, igual de abusivo y sintiéndose desgraciado, pero famoso por haber sido el niño ganador del premio «La Vuelta al Mundo de un Estudiante».

Gracias a esta fama hizo una gran carrera y llegó a ser millonario y director de varias empresas. El día que juntó 100 millones, salió en la televisión y el entrevistante le preguntó si estaba satisfecho con eso o si todavía quería más. Memo Pinzón contestó:

—Ni me basta con lo que tengo, ni quiero más. Yo lo que hubiera querido ser toda mi vida es zapatero, como mi hermano.

CUENTO DE LA NIÑA CONDECORADA

Había una niña que era gente grande. Se llamaba Mandolina.

En las fiestas, en vez de irse a jugar con los niños a la Pata Loca o el juego de los Marcianos, Mandolina se sentaba cerca de las señoras para oírlas platicar. De repente, Mandolina se levantaba de la silla, apuntaba con el dedo y decía:

—Ese niño ya rompió un florero. ¡Yo lo vi, yo lo vi!

Aquella niña le dio un bofetón a su hermanito. ¡Yo la vi, yo la vi!

Las mamás la ponían de ejemplo. Les decían a sus hijos:

—Aprendan a Mandolina, que está aquí sentada, sin hacer estropicios.

En su casa, a la hora de la comida, Mandolina se sentaba a la mesa y vigilaba a sus hermanitos. Decía:

—Mira, mamá, el nene no quiere comerse las espinacas.

Entre la casa de Mandolina y la escuela había un bosque de pinos. En ese bosque, según decía la gente, había un lobo. Mandolina no creía esta historia.

—No —decía—, los lobos no existen, son de mentiras. Sólo aparecen en los cuentos para niños, como el de *Caperucita Roja*, por ejemplo.

Por eso Mandolina cruzaba el bosque con toda tranquilidad.

Mandolina era la niña más aplicada de la clase. Se sentaba en la primera fila y levantaba la mano cada vez que la maestra preguntaba algo. Levantaba la mano también cuando la maestra no preguntaba nada, para decir:

—Seño, ese niño tiene una lagartija escondida en la papelera.

Aparte de los libros de texto, Mandolina tenía un cuaderno especial, de pastas verdes, en el que había escrito con buena letra y tinta morada, una lista con los nombres de sus compañeros de clase. En ese cuaderno Mandolina apuntaba los retardos, las inasistencias, las notas malas y los puntos buenos que daba la maestra.

Cuando un niño le metía una zancadilla a Mandolina, ella abría el cuaderno de pastas verdes y le ponía al niño una inasistencia. Cuando Mandolina creía que dos niñas estaban aconsejándose contra ella, abría el cuaderno y les ponía dos notas malas a cada una. Al que no le quería convidar caramelos, le ponía retardo. Cuando Mandolina estaba triste, abría el cuaderno y se ponía un punto bueno a ella misma para consolarse.

Cuando llegó el fin del año, Mandolina tenía tantos puntos buenos y sus compañeros tantas notas malas, tantas inasistencias y tantos retardos, que ella fue la primera de la clase.

El día de la entrega de premios ganó la medalla de Aplicación, la de Puntualidad, la de Comportamiento, la de Aritmética, la de Español y la de Ciencias Naturales.

La directora de la escuela felicitó a Mandolina, la puso de ejemplo para los demás niños, ¡y le colgó las seis medallas de oro en la pechera del uniforme!

Después de la ceremonia, Mandolina salió de la escuela y se fue caminando muy contenta por el bosque.

Tilín, tilín, sonaban las medallas de Mandolina. Tilín, tilín, sonaban en el bosque. Tilín, tilín, sonaban las medallas y el sonido llegó hasta la madriguera donde estaba dormido el lobo.

—*Augurrr...* —hizo el lobo al despertar.

Bostezó, se desperezó y salió de la madriguera. Tilín, tilín, sonaban las medallas en el bosque.

—*Augurrr...* —hizo el lobo.

Se dio cuenta de que estaba en ayunas. Se fue caminando hacia el lugar de donde venía el sonido.

Mandolina vio al lobo antes que el lobo la viera a ella. Tuvo mucho miedo y corrió a esconderse detrás de un árbol. Comprendió que su salvación estaba en no moverse y no hacer ruido. Desgraciadamente, tilín, tilín, sonaban las medallas, porque Mandolina estaba temblando.

—*Augurrr...* —hizo el lobo.

Y pasó de largo junto al árbol tras del que estaba escondida Mandolina. No la vio porque era un lobo tontísimo.

Mandolina vivió muchos años, pero aquel día tuvo tanto susto, que cambió mucho y hasta se volvió simpática.

EL COMETA FRANCILLÓ

Había una vez un hombre llamado Francilló a quien sus amigos admiraban mucho y veían rara vez. Por eso le decían el Cometa. «¡Tanto que nos hace reír! —pensaban—. ¡Tanto que se ríe de nosotros! ¡Lo queremos tanto al Cometa Francilló!». Si alguno de ellos salía de su casa por la mañana y al entrar en el coche sentía algo raro, miraba las palmas de sus manos pegajosas, comprendía que alguien había untado miel de colmena en el volante, su rostro se alegraba, y con una sonrisa decía, mientras ponía las manos en el chorro de agua: «¡El

Cometa Francilló está en México! Nos vamos a divertir». Sonaba el teléfono. Era otro amigo de Francilló. Alguien había puesto queso camembert bajo el tapete persa de su oficina. ¡Qué gran chiste! Esa noche se juntaban en el departamento amueblado que alquilaba Francilló. Las reuniones allí eran formidables. Había trucos divertidísimos: la copa agujerada que derramaba el Martini en la corbata del bebedor, la copa inviolable de doble fondo, que no deja escapar el licor, el vaso largo, en forma de cebolla, que al ser inclinado arroja el hielo en las narices del sediento...; ¿y de comer?, algo ligero; sándwiches de jabón, pollo en salsa de Pemex Penn, arenques encebollados en aceite de ricino. En el baño esperaban otras sorpresas: en la taza del excusado, una solución incolora, que en contacto con el ácido úrico se volvía rojo sangre, el fluxómetro que al ser oprimido no deja escapar el agua, sino un quejido lastimero que se oye en la sala, en el lavabo, lo que parece desagüe es en realidad el origen de un chorro de agua que cae en la cara del sujeto cuando éste quiere lavarse las manos. Pero lo más divertido es Francilló, ¡cómo hace reír a sus amigos! Una noche, descolgó el teléfono y marcó el número de doña Mercedes Tarraja, presidenta de las Damas Filantrópicas. «¡Aquí es Televicentro, el programa de la suerte! —dice el Cometa, imitando a la perfección la voz de un maestro de ceremonias. Y pide hablar con la dueña de la casa. Cuando ésta toma la bocina, Francilló le dice—: Señora, ha sido usted agraciada con un refrigerador. Pero para entregárselo tiene que cumplir un requisito: que cante usted una canción de Agustín Lara, la que mejor se sepa». La presidenta de las Damas Filantrópicas canta «Noche tibia y callada de Veracruz» y, con gallos, «vibración de cocuyos que con su luz». La escuchan Francilló y sus amigos, aguantando las carcajadas, alrededor del auricular. Van a pasar semanas antes de que la señora se dé cuenta de que el refrigerador nunca va a llegar a la puerta de su casa. Francilló tenía otra virtud: la de ser gran improvisador. Lo demuestra su comportamiento en el episodio de los espíritus. La idea inicial no fue suya. Un amigo asistió a una reunión espiritista y quedó muy interesado. «Yo no creo en eso» —dijo Francilló—. Sin embargo, cuando los demás insistieron, él accedió a regañadientes a que usaran la mesa de la sala como ouija. Al principio no pasó nada, pero al cabo de una hora de aburrimiento, cuando precisamente Francilló tenía las manos sobre el indicador, un espíritu se manifestó declarando: *Fui mala. Vestí de rojo.* «Esas palabras se formaron de pura casualidad» —dijo Francilló—. Pero los demás estaban pasmados.

¿Quién sería la mujer que siendo mala vestía de rojo? ¿María Eugenia de Montijo? Acordaron reunirse a la noche siguiente. En una semana de sesiones ocurrieron fenómenos admirables. En la oscuridad se vieron fuegos fatuos, se oyó el lamento de un moribundo, un muerto respiró con aliento fétido encima de Aurorita Salazar, un agente desconocido escupió en el vestido de moiré guinda de la Bella Dorotea, una presencia misteriosa hizo desaparecer (y reaparecer más tarde) la palabra «francachela» del diccionario de la Real Academia. Goethe, Hermenegildo Bustos y don Venustiano Carranza enviaron mensajes a la reunión. «No cabe duda de que hemos sido favorecidos» —dijeron los amigos de Francilló—. Éste empezó a reírse y tuvo que confesar. Él era el inventor de todo y el autor de los mensajes. Todo tenía una explicación muy sencilla: el lamento del moribundo era una radio mal sintonizada, la escupitina, una pistola de agua, para desaparecer «francachela», bastaba sustituir el diccionario por un ejemplar defectuoso, etc. «¡Se veían tan ridículos!» —decía Francilló—. ¡Agarrados de la mano, esperando que se manifestara el espíritu! Sus amigos quedaron corridos, pero admirándolo siempre «¡Qué ingenio el de Francilló!» «¡Cómo nos hizo ver visiones!» En su siguiente aparición, Francilló había olvidado los espíritus. Ahora su diversión consistía en cambiar el licor de botellas y en dárselo a beber a personajes notables que tenían pretensiones de catadores. Francilló se divertía. «¿Te fijaste cómo paladeaba el habanero creyendo que era cognac?, ¿cómo ponía las manos alrededor de la copa para calentarlo?» Sus amigos, después de haber pasado la prueba, también se divertían. Dos secretarios de Estado, tres directores de empresas, un senador y un aspirante a gobernador visitaron a Francilló y demostraron no saber nada de vinos. Francilló tampoco sabía de vinos. Murió en esos días de ingestión de aguarrás.

EL NIÑO TRICLINIO Y LA BELLA DOROTEA

El niño Triclinio vivía con su papá, su mamá, y cuatro hermanas. No tenía amigos en la escuela porque sus compañeros de clase se burlaban de él por llamarse Triclinio. Con sus hermanas no jugaba porque ellas eran mayores y tenían novio. Triclinio se divertía solo. En las tardes subía al tejado de la casa y se acostaba boca arriba a ver volar zopilotes en el cielo azul. En las noches de luna trepaba en el mezquite que había en el corral y desde allí veía cómo una familia de cacomixtles cazaba gallinas en los corrales de junto. A veces cogía una concha marina que un pariente había traído de Veracruz y que servía para atrancar una puerta, se la ponía contra la oreja y oía el ruido del mar.

Como Triclinio era el más chico de la familia y el único hijo hombre, estaba encargado de acompañar a sus hermanas cuando salían con sus novios. Las cuatro hermanas, los cuatro novios y Triclinio siempre salían juntos. Cuando iban al cine ocupaban una fila entera de butacas, cuando iban a la Alameda se sentaban en la banca más grande, cuando entraban en la nevería había que juntar tres mesas y cuando salían a dar la vuelta en la Plaza de Armas ocupaban todo el ancho de la banqueta.

Los novios de las hermanas eran muy generosos con Triclinio. Le regalaban palomitas en el cine, caramelos en la Alameda, helados de tres sabores en la nevería y dulces de cajeta y chocolate en la Plaza de Armas.

Los papás estaban muy contentos con sus hijas, las hijas con sus novios, los novios con ellas y Triclinio con lo que le regalaban los novios de sus hermanas. Es decir, todos eran felices.

En abril, poco antes de que empezaran las fiestas del pueblo, llegó un telegrama. El papá, la mamá, las hijas, los novios y Triclinio se juntaron en el comedor para saber lo que decía. El papá rompió el sobre, sacó el telegrama y leyó:

Llego el jueves en el camión de las siete y media

LA BELLA DOROTEA

Todos quedaron encantados con la noticia.

—¡Viene nuestra sobrina de México! —dijeron los padres—, ¡nuestra prima! —dijeron las hijas—, ¡la Bella Dorotea! —dijeron los novios.

Triclinio cogió la concha que estaba atrancando la puerta y poniéndosela contra la oreja oyó el ruido del mar.

Los padres, las hijas, los novios y Triclinio fueron a la terminal a recibir a la Bella Dorotea.

Cuando llegó el camión y se bajó de él la Bella Dorotea, los focos de la luz eléctrica se volvieron más brillantes, la sinfonola tocó la marcha nupcial y a todos los presentes se les abrió la boca y se les escurrió la baba.

La Bella Dorotea venía vestida color salmón, era blanca como la leche, tenía ojos de azabache y dientes de perlas. Pero lo mejor era el cabello: rubio platino y arreglado en forma de panal de abejas.

—¡Es como una reina! —exclamaron a coro los novios de las hermanas de Triclinio.

Se fueron a la casa y después de la cena los cuatro novios enseñaron a la Bella Dorotea cómo, poniéndose contra la oreja la concha que estaba atrancando la puerta, se oía el ruido del mar.

Todo cambió en la casa a partir de ese momento. Cuando la familia iba al cine se sentaban en dos filas, en una los cuatro novios con la Bella Dorotea, en otra las cuatro hermanas con Triclinio. En la Alameda se dividían en dos bancas, en la nevería en dos mesas, en la Plaza de Armas en dos grupos. A veces, las hermanas de Triclinio sollozaban y a él nadie volvió a regalarle nada.

La Bella Dorotea, con su cabello rubio platino no sólo conquistó a los novios de las hermanas de Triclinio, sino a todos los hombres del pueblo. Por las calles, la seguían, cada noche le llevaban dos o tres gallos y en las esquinas se peleaban a navajazos por ella.

Tanto éxito tuvo la Bella Dorotea que lanzó su candidatura para reina de las fiestas y todos decían que iba a ganar de seguro.

La noche de luna llena, Triclinio subió al mezquite para ver a los cacomixtles. Estaba esperando que empezara la cacería cuando se encendió la luz de una ventana que quedaba a la altura de la rama en que él estaba trepado. A través de la ventana vio a la Bella Dorotea que acababa de llegar de un baile.

Triclinio vio cómo la Bella Dorotea soltó el peinado en forma de panal de abejas, y cómo una vez suelto, el pelo color platino cayó como una cascada que llegaba hasta las corvas de la Bella. Un momento después vio cómo la Bella se quitó la cabellera y después de cepillarla la colgó de un perchero. No era suya, era postiza. ¡La Bella Dorotea era completamente calva!

Triclinio bajó del árbol y entró en la casa

en busca de alguien a quién contarle lo que acababa de ver. No había nadie despierto. Su papá, su mamá y sus hermanas roncaban. Triclinio no podía más con el secreto. Necesitaba compartirlo.

Tomó la concha que estaba atrancando la puerta y poniéndosela cerca de los labios, dijo:

—La Bella Dorotea es calva como mis nalgas.

Después, dejó la concha en su lugar y se fue a acostar. No pudo dormir, porque empezó el vendaval. Nadie pudo dormir ya más esa noche en aquel pueblo. Los dormidos despertaron y los despiertos no lograron pegar el ojo.

Dicen que el viento que azotó la población aquella noche hacía ruido como el mar. Pero las olas cantaban y decían:

—La Bella Dorotea es calva como mis nalgas, la Bella Dorotea es calva como mis nalgas…

La Bella Dorotea tomó un camión al amanecer, nadie volvió a saber de ella y en adelante todos vivieron felices.

PALETÓN Y EL ELEFANTE MUSICAL

El señor Paletón era gordo, millonario y caprichoso. Cada mañana, antes de levantarse de la cama, Paletón se rascaba la barriga, miraba el techo y se preguntaba:

—Paletón, Paletón, ¿qué quieres comprar hoy? De esta manera había formado la colección de automóviles más completa del mundo, la colección de pianos más famosa y una colección de perillas de puerta que no le pedía nada a ninguna otra. También tenía varios animales notables, como Eloísa, la pulga vestida, Porrón, el oso matemático, y Policarpo, un animal que no se parece a ningún otro por tener cinco patas, dos cabezas y nada que pueda llamarse hocico. Todo esto lo guardaba en su casa, que tenía tantos cuartos, que nadie los pudo contar.

Una mañana, después de rascarse la barriga y de hacerse la pregunta de costumbre, Paletón se contestó:

—Quiero comprar a Paco, el elefante musical de Chapultepec.

Paco es uno de los elefantes más grandes del mundo. Mide tres metros y medio y pesa seis toneladas, tiene colmillos de un metro y come todos los días cien kilos de papaya adornada con nueces y avellanas. Pero lo notable de Paco es la trompa, que es tan sensible y tan ágil que con ella Paco puede tocar el piano y dar conciertos. Sus piezas predilectas son la «Gavota Pavlova» y el «Concierto para la Mano Izquierda, de Ravel.

Paletón se levantó de la cama, se puso su bata de seda verde esmeralda y habló por teléfono a Chapultepec, para decir que quería comprar el elefante musical y preguntar cuánto costaba. Le contestaron que no se lo vendían a ningún precio.

Paletón dio una pataleta y se revolcó en el piso haciendo berrinche. Cuando se serenó, comprendió que no todo estaba perdido y que quedaba un medio para cumplir su capricho. Volvió a descolgar el teléfono y marcó un número.

—Bueno, ¿hablan los gángsters de Chicago? ¿Cuánto me cobran por robarse el elefante musical de Chapultepec y traérmelo a mi casa esta noche?

—Cinco millones de pesos —contestaron los gángsters.

—Trato hecho —dijo Paletón y colgó.

Los gángsters de Chicago son cinco chaparros cabezones que viven en la misma casa. Cuando alguien les encarga un trabajo, se ponen sombrero y bufanda y se sientan alrededor de una mesa, a comer espagueti y a planear el robo.

Entre bocado y bocado fue proponiendo cada uno lo que se le ocurría: el más trabajador propuso construir un túnel que conectara la casa donde ellos vivían con el parque zoológico, el más tonto, que creía que los elefantes eran de hule, propuso, en cambio, desinflar a Paco y sacarlo del zoológico adentro de una maleta. Hasta que por fin le tocó el turno al más listo:

—Creo que hay una manera más sencilla: esta noche Paco da un concierto en Bellas Artes. ¿Cómo se transporta un elefante de Chapultepec a Bellas Artes? Muy sencillo: en un camión de mudanzas. Yo propongo que hagamos algo para que ese camión de mudanzas, en vez de llegar a Bellas Artes llegue a casa de Paletón.

—¡Magnífico! —cantaron los gángsters a coro—. ¡Magnífico! Entre el plato y la boca se cae la sopa.

El camión de mudanzas que llegó esa noche a Chapultepec a recoger a Paco, el elefante musical, iba manejado por los gángsters de Chicago disfrazados de empleados de Bellas Artes.

Los policías de guardia no sospecharon nada y hasta ayudaron a poner la rampa para que el elefante musical subiera al camión de mudanzas. Paco, el elefante musical, que estaba recién bañado y perfumado, listo para presentarse en público y tocar el piano, tampoco sospechó nada. Subía al camión muy tranquilo, y cuando bajó de él, lo hizo pisando con cuidado, procurando no tropezarse, creyendo que estaba entrando en el foro de Bellas Artes. Esperaba que de un momento a otro sonaran los aplausos de cientos de espectadores.

¡Cuál no sería su sorpresa cuando oyó un solo aplauso! Era el de Paletón. Paco, el elefante musical, miró a su alrededor con extrañeza. No estaba en Bellas Artes. Estaba en el salón donde Paletón guardaba su famosa colección de doscientos cincuenta pianos.

Al ver tanto piano, Paco no pudo resistir un momento más. Preparó la trompa y empezó a tocar. Primero en un piano y después en otro, y después en otro. Y tocó y tocó tanto, que los vecinos, que no podían dormir con tanta música, llamaron a la patrulla.

Cuando la policía entró en casa de Paletón, encontró al elefante musical tocando el piano y al dueño de la casa entregándoles cinco millones, en billetes de a peso, a los gángsters de Chicago.

—Tres millones cuatrocientos veinticinco mil cuatrocientos veintitres, tres millones cuatrocientos veinticinco mil cuatrocientos veinticuatro...

Paletón y los gángsters de Chicago están en la cárcel. Paco, el elefante musical, sigue ensu jaula, en donde de vez en cuando da conciertos.

LOS PUERCOS
DE NICOLÁS MANGANA

Nicolás Mangana era un campesino pobre pero ahorrativo. Su mayor ilusión era juntar dinero para comprar unos puercos y dedicarse a engordarlos.

—No hay manera más fácil de hacerse rico —decía—. Los puercos están comiendo y el dueño nomás los mira. Cuando ve que ya no van a engordar más, los vende por kilo.

Cada vez que a Nicolás Mangana se le antojaba una copa de mezcal, decía para sus adentros:

—Quítate, mal pensamiento.

Sacaba de la bolsa dos pesos, que era lo que costaba el mezcal en la tienda del pueblo donde vivía y los echaba por la rendija del puerco de barro que le servía de alcancía.

—En puerco se han de convertir —decía al oír sonar las monedas.

Cuando alguno de sus hijos le pedía cincuenta centavos para una nieve. Nicolás decía:

—Quítate esa idea de la cabeza, muchacho —sacaba un tostón de la bolsa, lo echaba en el puerco de barro y el niño se quedaba sin nieve.

Cuando la esposa le pedía rebozo nuevo, pasaba lo mismo. Veinticinco pesos entraban en la alcancía y la señora seguía tapándose con el rebozo luido.

Compró un libro que decía cuáles son los alimentos que deben comer los puercos para engordar más pronto y lo leía por las tardes, sentado a la sombra de un mezquite. Cada vez que se juntaba con sus amigos hablaba de puercos, y cuando no hablaba de puercos hablaba de carnitas, y cuando no de carnitas, de morcilla. Acabaron diciéndole «Nicolás, el de los puercos».

Tantas copas de mezcal no se tomó Nicolás, tantas nieves no probaron sus hijos y tantos rebozos no estrenó su mujer, que el puerco de barro se llenó.

Cuando Nicolás vio que ya no cabía un quinto más, rompió la alcancía y contó el dinero que estaba adentro, llevó la morralla a la tienda y la cambió por un billete nuevecito que tenía grabado junto al número mil la cara de Cuauhtémoc.

Regresó a la casa, junto a la familia y les dijo:

—No somos ricos, pero ya mero. Con este

billete que ven ustedes aquí voy a ir a la feria de San Antonio y voy a comprar unos puerquitos, los vamos a poner en el corral de atrás, los vamos a engordar, los vamos a vender y vamos a comprar más puerquitos, los vamos a engordar y los vamos a vender y vamos a comprar todavía más puerquitos y así vamos a seguir hasta que seamos de veras ricos.

Su mujer y sus hijos se pusieron muy contentos al oír esto y cantaron a coro: «No somos ricos, pero ya mero. Ya mero».

Nicolás metió el billete debajo del petate y todas las noches antes de acostarse, la familia se juntaba alrededor de la cama. Nicolás levantaba el petate y todos veían que allí estaba el billete todavía. Después de esto cada quien se iba a su cama, se dormía y soñaba que era rico. Nicolás, que estaba frente a un cerro de carnitas, haciendo tacos y vendiéndolos a dos pesos cada uno, su mujer soñaba que estaba viendo la televisión, los niños soñaban que compraban helados y los chupaban.

El día de San Antonio, Nicolás Mangana se levantó cuando apenas estaba clareando, se vistió, guardó el billete de mil pesos entre las correas del huarache izquierdo, se despidió de la familia y se puso en marcha.

Muchos eran los que iban por el camino rumbo a la feria. Los que iban a comprar algo, caminaban, como Nicolás, con las manos vacías y el dinero escondido en la ropa. Los que iban a vender, en cambio, cargaban costales de membrillos, pastoreaban parvadas de guajolotes o arreaban yuntas de bueyes.

Entre todo aquel gentío se distinguía un hombre que iba montado en un caballo blanco. Nicolás lo miró lleno de envidia y pensó:

—Ese hombre es un ranchero huarachudo como yo, pero montado en ese caballo parece un rey.

Era un caballo muy bueno, fuerte, pero ligero, brioso, pero obediente. Por su gusto hubiera salido al galope y sin embargo, obedecía al menor tironcito de rienda que le daba el jinete.

—Así debería yo ir montado —pensó Nicolás. Decidió que nomás que fuera rico iba a comprar un caballo exactamente igual a aquel que iba caracoleando delante de él.

Apretó el paso hasta emparejarse con el caballo y empezó a platicar con el que lo montaba.

—¡Qué bonito caballo! —dijo Nicolás.
—Lo vendo —contestó el otro.
—¿En cuánto?
—Mil pesos.

Nicolás sacó el billete del huarache, compró el caballo y regresó a su casa montado y muy contento. Les dijo a su mujer y a sus hijos:

—No somos ricos, ni vamos a serlo, pero ya tenemos caballo blanco.

Toda la familia aprendió a montar y vivieron muy felices.

EL RATÓN DEL SUPERMERCADO Y SUS PRIMOS DEL CAMPO

En un supermercado de una gran ciudad vivía una familia de ratones. Eran el ratón padre, la ratona madre y tres ratones hijos.

Durante el día el supermercado estaba lleno de señoras comprando cosas. A esas horas los ratones estaban en el agujero durmiendo tranquilamente, porque sabían que cuando las señoras ven un ratón se asustan, gritan y tratan de subirse en una mesa. Los ratones no querían asustarlas, porque sabían que una señora asustada es peligrosa.

A las siete y media de la tarde, el timbre del supermercado tocaba para anunciar que había llegado la hora de que las señoras pagaran sus cuentas y se fueran a sus casas.

Al oír el timbre, los ratones despertaban, se bañaban con saliva, se peinaban con el dedo, se afilaban los dientes con las uñas y se ponían cerca de la entrada del agujero.

El ratón padre era el primero en salir, despacito, mirando para todos lados. Cuando se aseguraba de que no había ninguna señora rezagada, hacía una seña con la cola a su familia, para avisarles que podían salir del agujero sin peligro.

Al ver la señal, los ratones salían corriendo del agujero y se separaban. Desayunaban cada uno por su lado. El ratón padre iba derecho al departamento de salchichonería, trepaba en el mostrador y se comía un chorizo, un pedazo de salami, o una rebanada de jamón. A la ratona madre le gustaba mucho el queso y solía pasarse las noches enteras trepada en una pieza de queso añejo. Los ratones hijos preferían la dulcería. Le daban un mordisco a un chocolate, una lamida a un caramelo o se comían un mazapán.

Cuando terminaban de comer, el ratón padre y la ratona madre salían del supermercado por una rendija que había debajo de una puerta y se iban a visitar a unos ratones amigos que vivían en una panadería que había a media cuadra.

Los ratones hijos, en cambio, pasaban la noche jugando. Iban al departamento de muebles y jugaban carreras de colchones, que es un juego que consiste en hacer tres agujeros en un lado de un colchón y ver quién sale primero por el extremo opuesto. Otras veces jugaban a la televisión, que es un juego que consiste en meterse en un televisor (¿un televisor?) y comerse los alambres.

Así pasó el tiempo, hasta que un día, el ratón padre le dijo a la ratona madre:

—Creo que ha llegado el momento de que nuestro hijo mayor salga del supermercado, haga un viaje y conozca el mundo, para que pueda apreciar mejor las comodidades que tiene aquí.

A la ratona madre le parecía que su hijo estaba todavía muy chico para salir del supermercado, pero después de mucha discusión estuvo de acuerdo en que el mayor de los ratones hijos fuera a pasar una temporada con unos parientes suyos que vivían en el campo.

El mayor de los ratones hijos, que tenía curiosidad de saber qué había fuera del supermercado, aceptó encantado la idea de salir de viaje, se despidió de la familia y a la mañana siguiente, en vez de irse a dormir en el agujero, salió del supermercado escondido en una caja de huevo vacía.

El viaje fue largo, pero sin contratiempos. El ratón siguió al pie de la letra las indicaciones que le dio su padre: transbordó en determinado momento a un huacal, y después a un costal, y a las ocho de la noche llegó al rancho.

Cuando el ratón del supermercado salió del costal no pudo ver nada, por lo que dedujo que estaba en un cuarto oscuro. Tan oscuro que a pesar de que los ratones ven perfectamente de noche, tuvo que esperar un rato para darse cuenta de que no estaba solo, sino rodeado de cien ratones inmóviles, que lo miraban con desconfianza.

—¿Quién eres tú? —le preguntó el más grande y más viejo de los ratones de campo.

El ratón del supermercado dijo el nombre

de su padre, el de su madre y por último lanzó el grito de guerra de la familia:

—¡Riquitiquitiquitaca tiquitaca!

Al oír esto, los demás ratones contestaron a coro:

—¡Racatacarracataca tacataca!

Después abrieron las patas delanteras y se acercaron al ratón del supermercado y lo abrazaron cariñosamente. Todos eran parientes. Unos tíos, otros primos; el más grande y más viejo era tío abuelo.

Los ratones de campo recibieron al ratón del supermercado con mucha amabilidad. Lo dejaron roer la mejor mazorca, porque estaba hambriento, y dormir en el agujero más cómodo, porque se había cansado mucho durante el viaje.

A la noche siguiente, el ratón del supermercado salió del agujero con sus primos del campo y estuvo recorriendo con ellos el cuarto oscuro, que era muy grande y se llamaba la troje.

Se dio cuenta de que la troje era un lugar muy diferente al supermercado. No había en ella ni dulcería, ni salchichonería, ni departamento de quesos. Los ratones del campo desayunaban maíz a las ocho de la noche, comían maíz a la una de la mañana y merendaban maíz a las seis de la mañana.

Cuando el ratón de supermercado les dijo a sus primos que se aburría de tanto comer maíz, éstos le contestaron:

—A veces no hay más que holotes.

Las diversiones de la troje tampoco eran gran cosa. Consistían principalmente en esconderse de una lechuza que vivía en una viga del techo, que cada vez que veía un ratón se le dejaba ir encima. Esa misma lechuza se había comido a los abuelos de toda la familia.

Los primos del campo le preguntaban al ratón cómo era el supermercado y él les contaba de los jamones, los alteros de quesos, las cajas de chocolates, los colchones, las televisiones.

Mientras más oían hablar del supermercado, más querían saber, más preguntaban y más cosas les contaba su primo. Tanta curiosidad llegaron a tener, que decidieron ver todas aquellas maravillas con sus propios ojos.

En el siguiente viaje de maíz que se hizo del rancho, había cien ratones escondidos en los costales.

Al llegar al supermercado, los ratones de campo quedaron admirados. Invadieron la salchichonería, se atracaron de queso y mordisquearon los chocolates. Tan contentos estaban corriendo de un lado para otro que se olvidaron de tomar precauciones y no se escondieron durante el día. Algunos de ellos se divirtieron una mañana espantando señoras. Se reían al oírlas gritar y soltaban la carcajada al verlas tratar de subirse en una mesa.

El gerente del supermercado estaba contando los jamones roídos, los quesos desaparecidos y los chocolates mordisqueados cuando oyó los gritos de las señoras.

—¡Esto no puede seguir así! —dijo.

Hizo una rabieta, dio una patadita y se puso morado. Ordenó que al día siguiente se cerraran las puertas, y se fumigara el local con un vapor venenoso capaz de acabar con el último ratón.

Afortunadamente para los ratones, el ratón padre estaba mirando desde la entrada del agujero al gerente cuando se puso morado. Esto lo alarmó.

—Cuando el gerente se pone morado —dijo

a sus parientes—, es que ha llegado la hora de liar petate y largarse a vivir a otro lado.

Esa noche, los ratones de supermercado y sus primos del campo salieron por la rendija que había debajo de la puerta y en una esquina esperaron a que pasara el primer camión cargado de cajas de huevo vacías. Esa noche llegaron al rancho, en donde vivieron muchos años, cuidándose de la lechuza y comiendo maíz tres veces al día.

De este cuento se deduce que donde comen cinco pueden comer seis y probablemente hasta siete, pero no cien.

ÍNDICE

Prólogo	9
Prólogo a esta edición	11
Cuento de los hermanos Pinzones	19
Cuento de la niña condecorada	27
El cometa Francilló	35
El niño Triclinio y la bella Dorotea	43
Paletón y el elefante musical	53
Los puercos de Nicolás Mangana	61
El ratón del supermercado y sus primos del campo	69

JORGE IBARGÜENGOITIA
(Guanajuato, 1928 — Madrid, 1983)

Su obra abarca novelas, cuentos, obras de teatro, artículos periodísticos y relatos infantiles. Fue becario del Centro Mexicano de Escritores, de las fundaciones Rockefeller, Fairfield y Guggenheim. Obtuvo, entre otros, los siguientes reconocimientos: Premio Casa de las Américas en 1964 por su primera novela *Los relámpagos de agosto* y el Premio Internacional de Novela México en 1974 por *Estas ruinas que ves*. Colaboró en diversas revistas y suplementos culturales de gran importancia en nuestro país. El reconocido crítico literario Christopher Domínguez afirmó de él: "Hizo de su obra, trágicamente truncada, un corrosivo alegato a favor del humor sarcástico y la ironía antihistérica".

JUAN PALOMINO
(Ciudad de México, 1984)

Estudió Filosofía en la Facultad de Filosofía y Letras de la UNAM. Aunque pareciera que los dibujos no se llevan bien con su profesión, Juan Palomino piensa que su formación académica siempre está presente en su trabajo, pues cada imagen que crea tiene un ingrediente cuestionador, ingrediente que los filósofos conocen bien. Ha ilustrado libros de literatura infantil y juvenil para las editoriales más importantes de México, y ha colaborado en publicaciones periódicas, también como ilustrador. Ganador de los dos catálogos de ilustración más prestigiosos del país, obtuvo en 2016 el Premio Internacional de Ilustración de la Feria de Bolonia.

Impreso en los talleres
de Litográfica Ingramex, S.A. de C.V.
Centeno núm. 162,
colonia Granjas Esmeralda, México, D.F.
Impreso en México - *Printed in Mexico*